Der kleine runde Igel

von Renate Schönnamsgruber
Illustrationen von Dianne Ettl

Es war einmal ein kleiner Igel.
Er wohnte mit Vater und
Mutter, Bruder und Schwester
unter einer Hecke.

Seine liebste Beschäftigung war essen. Den
ganzen Tag mußte er etwas zu naschen haben.

Äpfel, Birnen, Körner, Käfer, alles was er so im Garten fand, mampfte er hinein. Sogar seinen Geschwistern stibitzte er so manche Köstlichkeit.
Eines Tages war er so kugelrund, daß er nicht einmal mehr laufen konnte. Er rollte nur noch.

Der kleine Jörg wunderte sich über den komischen Ball und wollte schon dagegentreten.

Rechtzeitig merkte er noch,
daß es der kleine Igel war.

Und was machte Knödel der Hund? – Er rollte den kleinen runden Igel quer durch den Garten.

Als der kleine runde Igel auch noch versehentlich einen Hügel runterrollte, wurde er sehr ärgerlich.

Mühsam schleppte, kullerte und keuchte er den Berg hoch.
Oben erwartete ihn schon seine Familie und die
schadenfrohen Gesichter wollte er gar nicht sehen.
Er war beleidigt.

Der kleine runde Igel kullerte in seine Schlafmulde
und schlief erst einmal eine ganze Woche.

Dann stand er auf, fühlte sich wieder dünn und machte ein paar Turnübungen.

Ab sofort aß er nur noch ordentlich zu den
Mahlzeiten und niemand verwechselte ihn mehr
mit einer Spielkugel.

In gleicher Ausstattung erschienen:
Der kleine neugierige Frosch
Der kleine freche Spatz
Der kleine ängstliche Hase

Printed in Italy
ISBN 3-88199-829-2